Superheroínas

El papel utilizado para la impresión de este libro ha sido fabricado a partir de madera
procedente de bosques y plantaciones gestionadas con los más altos estándares ambientales,
garantizando una explotación de los recursos sostenible con el medio ambiente y beneficiosa para las personas.

Superheroínas
Las princesas se rebelan

Primera edición: marzo, 2021

D. R. © 2021, Amaranta Leyva

D. R. © 2021, derechos de edición mundiales en lengua castellana:
Penguin Random House Grupo Editorial, S. A. de C. V.
Blvd. Miguel de Cervantes Saavedra núm. 301, 1er piso,
colonia Granada, alcaldía Miguel Hidalgo, C. P. 11520,
Ciudad de México

penguinlibros.com

D. R. © 2021, Ilaria Ranauro, por las ilustraciones
D. R. © 2021, Ana Paula Dávila, por el diseño de interiores

ISBN: 978-607-319-625-3

Impreso en México – *Printed in Mexico*

Penguin
Random House
Grupo Editorial

Superheroínas

LAS PRINCESAS SE REBELAN

Amaranta Leyva

Ilustraciones de **Ilaria Ranauro**

ALFAGUARA

CAPÍTULO 1
PRINCESA EN BUSCA DE AVENTURAS

La Isla de Princesas Primaverales tiene forma de unicornio. Es una isla entre las nubes y el mar, y está cerca de la rayita donde el sol se mete todas las tardes.

—¿El horizonte?

—Sí, ése.

En la Isla de Princesas Primaverales en Forma de Unicornio hay muchos habitantes:

- ✿ *Las hadas*: viven en la aldea Crin Dorada, o sea, el cabello del unicornio, porque ahí hay más flores y plantas.
- ✿ *Los unicornios*: pastan muy tranquilos en la Pradera Rosada, que es donde la isla parece nariz de unicornio.

★ **Las nereidas:** primas de las sirenas, sólo que ellas sí tienen buen humor. A las nereidas les encanta tocar instrumentos y cantar, hacen música a todas horas, sin molestar. Nadan en la aldea acuática Manantial de las Niñas de mis Ojos, es decir, en el ojo de la isla.

★ **Y las princesas:** son quienes dominan el lugar, porque llegaron primero. Por eso habitan el Cuerno Arcoíris, una colina que de lejos se ve como el cuerno de... pues del unicornio-isla.

Lía es la princesa más rosa de todas. Cuando nace una princesa, las demás eligen para ella un color del arcoíris. A Lía le encanta su color. Lo que ya no le encanta tanto es solamente ser princesa. Es que a los habitantes de la isla a veces les dan ganas de cambiar de personaje en la historia (aunque eso es muy difícil).

Lía había salido esa mañana a escondidas del Cuerno Arcoíris (a escondidas porque las princesas no pueden salir a pasear sin desayunar, peinarse y vestirse antes). Quería averiguar algo importante: qué se sentiría ser hada, unicornio y nereida al mismo tiempo.

"Si pudiera combinar los tres personajes a la vez, podría ser ¡una superheroína!", pensó, muy emocionada. "Me convertiría en alguien llena de poderes. Poderes de amor, muchos colores y fuerza, ¡eeeh! Y así podría cuidar y defender a la gente."

Lía estaba feliz con su idea, pero luego dudó un poco: "Claro, primero necesitaría gente a quien defender. Pero eso no pasaría aquí, porque en esta isla nunca pasa nada. Ni siquiera hay gente. Aquí sólo hay princesas, unicornios, hadas, nereidas... Ah, y una reina. Ash". Lía se alzó de hombros, decepcionada.

¡Qué difícil era salirse de lo normal! Alexandra, la reina de las princesas, nunca lo permitiría. Cada quien sabía lo que le tocaba hacer, y hasta las cosas debían acomodarse siempre igual.

De camino a la aldea Crin Dorada, Lía iba con los brazos cruzados en la espalda, viendo al piso. Aunque refunfuñara, le gustaba mirar por dónde andaba. De repente se frenó de golpe y parpadeó muchas veces seguidas, pues se encontró con algo súper inesperado.

Entre las hierbas había un objeto extraordinario que brillaba en forma corazón.

"¿Qué será? ¿Cómo llegó hasta aquí sin que las hadas lo vieran?"

Las hadas acostumbraban recoger los polvos de colores que caían de los árboles durante la noche. Luego los convertían en polvos mágicos y semillitas que lo embellecían todo. Por eso, las hadas andan por ahí, desde temprano, revisando con lupa cada centímetro del suelo. Las princesas no, tienen prohibido agarrar las cosas así como así.

"Pero esto es algo nuevo y brillante, no puede ser malo, si no, no estaría en esta isla", pensó Lía. Así que lo tocó. "Mmm, se siente pegajoso, frío... y está medio mojado."

Le extrañó que su mano no se mojara. Para estar segura, lo tocó de nuevo.

—¡Ahh! ¡Se mueve solito! —gritó Lía. Y lo tiró lejos. Después de esperar un largo rato, se dio cuenta de que, si lo quería, tenía que ir por él.

Ese algo pegajoso, frío, medio mojado y brillante estaba temblando. "Pobrecito", pensó Lía, y como si fuera un bebé perdido, lo cargó.

"Qué cosa más rara. Creo que tiembla porque tiene miedo. Brilla pero no se ve como una princesa, menos como un hada, y no creo que sea polvo mágico... ¿Qué podrá ser?"

Pero no pudo seguir investigando porque en ese momento se oyó un grito desde la punta más alta de Cuerno Arcoíris:

—¡¡¡Princesa Lía!!! ¿No me digas que estás agarrando algo del suelo con tus propias manos? ¡Suéltalo ahora mismo! —era la reina Alexandra.

Pero Ali, digo, Lía no hizo caso. Por primera vez no obedeció a la reina. Y supo que eso significaba una cosa: correr y esconderse. Si no, tendría que pasar varios días encerrada en lo alto de la Torre Arcoíris. El lugar perfecto para ocultarse era el Bosque de Nudos, en la Crin Dorada. Era una zona inexplorada porque nadie en la aldea la había peinado bien. Y corrió hacia allá.

—¡Se escapa! ¡Hay que atraparla!

Los habitantes de la Isla de Princesas Primaverales en Forma de Unicornio saben que cuando la reina baja de la torre, todos están castigados. Por eso las hadas prefirieron lanzarse a la persecución antes que recibir un

castigo y, como abejas, comenzaron a sobre-
volar la zona. Lía se escondió entre unas flores
rojas muy juntitas, pero un hada la descubrió:

—¡Allí está! ¡En las rojas rosáceas!

—Ay, que las hadas ven todo, ¿verdad? —recordó Lía—. ¡Me van a atrapar!

Sin darse cuenta, Lía se fue metiendo hasta
la zona de nudos profundos, donde las flores
se abrazaban con fuerza a lianas y helechos.

—¿¡Dónde está la princesaaaaa!? ¿Voy a tener que bajar yo por ella?

¡Uy, la reina! Las hadas tenían que acelerar
el paso y, con las prisas, no les importó que
sus alas se atoraran en los nudos.

—¡¡Voy para allá!! —gritó de nuevo la reina,
y bajó de la torre.

Todos enmudecieron, nada se movió. Sólo
a la gelatina brillante se le ocurrió temblar un
poquito más.

—Por favor, no te muevas tanto, que me
van a descubrir —le dijo Lía—. Quédate quie-
tecita. Yo te cuido.

En eso, Lía notó un "pst, pst" muy cerca de
su oído.

* ✹ *

—¿Quién anda ahí? —preguntó, con miedo.

—Hola —dijo la voz—, es que estoy escondida.

—Hola —sonrió Lía, y le entró una duda—: Pero, ¿alguien puede ocultarse en esta isla?

—Hace mucho tiempo escapé del castigo de la reina. Llevaba muchos años viviendo en la punta de la Torre Arcoíris, y creo que la reina ya ni se acordaba de que yo estaba ahí —y el hada asomó su cara redondita por entre las plantas—, así que fue fácil escapar.

—¿Quién eres? —le preguntó Lía—. Qué lindo pelo tienes —y le tocó los cabellos de arcoíris.

—Soy el hada escondida. Lo que pasa es que un día quise probar a ser princesa, pero no lo logré. Luego quise ser unicornio y tampoco pude. Antes de que me atraparan, me quedé en el Bosque de Nudos porque nadie entraba por acá. Hasta hoy, que llegaste tú. Aquí sigo, haciendo pruebas de mis cambios de personaje sin que nadie me vea.

—Claro, tienes que hacerlo a escondidas porque la reina Alexandra prohíbe los cambios y un montón de cosas por el estilo.

—Obvio —dijo el hada, columpiándose en una hoja de maple.

—¡Oye, qué padre! ¡Yo también quiero probar a ser otra cosa! Por eso salí bien temprano, para imaginar qué se siente ser hada, unicornio y nereida al mismo tiempo.

—¿Y funciona?

—Para nada. No basta pensarlo. Hay que tener magia... o poderes.

—¿Qué son poderes? —el hadita abrió los ojos, grandotes, porque eso de los poderes le sonaba interesante.

—Los poderes son como la magia, pero los usan las superheroínas.

—¿Súper qué? —preguntó el hada, ladeando la cabeza.

—Su-per-he-ro-í-nas.

—¡Wow! —exclamó el hadita, y enseguida repuso, entrecerrando ojos—: ¿Qué es eso?

—¿No sabes? —y ahora fue Lía quien abrió los ojos, grandísimos—. Son quienes cambian de personaje para salvar y proteger a la gente. Yo quiero ser una superheroína que combine la magia de los unicornios, las hadas y las nereidas. Quiero ser los tres al mismo tiempo. La verdad es que ser princesa es muy aburrido.

Las hadas tienen polvos mágicos, los unicornios tienen arcoíris mágicos, las nereidas tienen su música, pero las princesas sólo somos princesas y nada más. Yo por eso ¡quiero ser superheroína! —exclamó Lía.

—Se oye muy bien lo de ser superescobina.

—¿Verdad que sí?

—Pues sí, pero aquí eso no existe, y no creo que la reina te deje inventarlo —dijo muy segura el hadita—. Ah, me llamo Lu, mucho gusto.

—Y yo Ali, digo, Lía, la Princesa Rosa.

—Ya veo.

Y las dos se rieron.

—Por cierto —dijo Lía—, se dice *superheroínas*, no *superescobinas*. Y yo voy a lograr que existan aquí.

—¿Y cómo le vas a hacer? —preguntó el hada.

Pero Lía no pudo decir gran cosa porque justo en ese momento...

✶ ★ ✶

—¡¡¡Ahí está!!! Justo donde brilla... ¡eso! —gritó la reina muy de cerca—. Por cierto, ¿qué es eso que brilla?

Lu se asustó y volvió a ser el hada escondida: se hizo taquito en su hoja de maple.

—¡Ay, no! Yo creo que tu castigo va a ser gigantesco —murmuró—, y no vas a poder ser supermandolina.

—¡Heroína!

—Bueno, ¡lo que sea! —contestó rápido Lu.

—Mejor ayúdame a salir de aquí.

—Usa el slime —le recomendó Lu, disfrazada de hoja.

—¿El qué?

—El *es-laim*. También se llama glitter, o le puedes decir gelatina brillante, más fácil.

—Entonces ¡sí es una gelatina! —dijo Lía, sorprendida.

—Digamos que es una especie de gelatina que inventé.

—¿Tú solita?

—Sí, yo solita hice mi propia receta, y tiene mucho poder. Te la presto.

—¿En serio?

—De veras. Usé restos de magia: de las nereidas, de los unicornios y también de las hadas. Ya sabes, un combo.

—Uf, todo en uno.

—Sí, por eso te protege cuando te sientes en peligro verdadero, ¡como ahorita!

Se oyó el crujir de las hojas secas al paso de la reina, cada vez más cerca.

—¡Ay! ¿Y cómo funciona?

—Se activa si la haces rebotar —indicó Lu en voz bajita—, y brilla muchísimo.

—¡Wow!

Lu se sumió aún más en su hoja de maple. Quería camuflarse para no ser vista por la reina.

—Cuídala mucho. Te ayudará a volver a la isla, porque se sabe todos los caminos de regreso hasta aquí.

Y en eso se escuchó la voz temida:

—Te oigo, te huelo, te veo...

Era la reina, que casi las aplasta.

—¡Huye sin que te vea! —dijo Lu con un gritito.

—¿Cómo le hago?

Ya no había tiempo, pero Lu alcanzó a murmurarle una canción:

> Pon acción al antiolores,
> porque más vale,
> es mejor quedito, ¿sale?

Flexible como un resorte,
tan ágil como el deporte.
Te digo que lo invisible
no es algo tan imposible.

La gelatina brillante se puso blanca, luego transparente, y Lía, que la tenía en sus manos, también se volvió invisible. Justo a tiempo, porque la mano de la reina ya buscaba entre los nudos de ramas y flores.

—Princesa Rosa, ¡¡¿dónde estás?!!

La hoja taquito de Lu se columpió hasta empujar a Lía, que voló por los aires en modo transparente.

—¡Se me hace que estás por aquí! —exclamó la reina, y en ese momento, su mano planeó justo encima—. Hay que comenzar a cepillar pronto este lugar.

Pero con el empujón, Lía llegó hasta el Manantial de las Niñas de mis Ojos y salpicó a las nereidas por la zambullida.

Sin perder tiempo, Ali, digo, Lía hizo un par de bucitos en el agua, se echó a nadar y desapareció.

CAPÍTULO 2
ALI AL REVÉS

—¡Soñé que era invisible! —gritó Ali al despertar, con los cabellos todavía enredados por las aventuras de sus sueños—. Eso significa que ya puedo convertirme en superheroína —y se puso a dar saltos locos en la cama.

"Tengo que contarle a Azul", pensó. "Si me enseña a ser superheroína como ella antes de mi cumple, la fiesta va a ser genial."

Ali y Azul viven en el mismo edificio. Son vecinas y amigas, y también van a la misma escuela. Hacen todo juntas. Bueno, casi todo, porque sus mamás son diferentes y cada una tiene su propia opinión.

Azul dice que cuando sueñas con un superpoder, te puedes volver superheroína.

—Hijaaa..., ¿estás despierta? —se oyó de repente al otro lado de la puerta.

—¡Mi mamá! —dijo Ali, y se escondió debajo de las sábanas.

La mamá de Ali es Margaritte Famous. En realidad se llama Margarita Juárez, pero dice que para ser famosa tienes que cambiarte el nombre. Margaritte es una cantante muuuy famosa y siempre ha querido que el mundo se entere de que tiene una hija-princesa rosa.

—¡¡¡Buenos díííaaas!!! —gritó su mamá desde el pasillo—. ¡¡Es hora de levantaaaarseee!!

"¡Qué bueno que mi mamá no me oyó, esto debe ser ultrasecreto!" Ali se echó a descansar un ratito más en su cama, pero su pie tocó algo frío y gelatinoso.

—¡Ay! ¿Qué es esto? —se preguntó, asomándose—. ¡La gelatina brillante! Pero ¿cómo pudiste llegar hasta aquí? Todo fue un sueño, ¿o no?

—¡Voy a entraaar! —escucharon la voz de Margaritte.

—¡Es mi mamá! No te asustes, sólo escóndete bajo la cobija.

—¡Estoy entraaando!

—Buenos días, mamá —Ali sonrió, nerviosa, y trató de mantener quieta a la gelatina, a sus espaldas.

—Feliz pre-cumpleaños, mi amor. Toma tu regalo.

—Pero, mamá, mi cumpleaños es hasta el viernes. Faltan dos días —le explicó Ali, mientras la gelatina brillante intentaba escabullirse para respirar.

—Es un pre-regalo. Ábrelo.

A Ali le encantaba abrir obsequios, pero sus manos estaban ocupadas buscando a la gelatina brincolina.

—Hija, ¿qué haces? A ver, dame ese paquete —y Margaritte lo abrió enseguida aunque no fuera para ella. Ni cuenta se dio de que la gelatina espiaba desde la orilla de la cama.

—Claro, tú también quieres ver mi regalo —Ali le estaba diciendo a la gelatina, pero quien contestó fue su mamá.

—Yo lo que quiero es que te lo pongas.

—¡No! —exclamó Ali.

—¿No te parece lindo? —le respondió su mamá—. ¡Otro vestido de princesa para tu colección!

¡Qué confusión! Ali le hablaba a la gelatina, no a su mamá.

—Quise decir, ¿otro vestido rosa? —medio le compuso Ali, apenada con Margaritte.

—Te veo distraída, hija, será mejor que te ayude a vestirte. Y a peinarte, claro.

—¿Dónde estás? —susurró Ali.

—Ay, Ali, estoy justo enfrente de ti —le contestó su madre; otra vez la confusión—. Pero, por lo que veo, tú estás en las nubes, ¿eh?

—¡Ay! —gritó Ali cuando su mamá la sentó en la silla de los peinados.

—¿Qué "hay" que no lo veo? —dijo su mamá.

—Digo "ay" de dolor.

—Exageraciones —y Margaritte siguió jalándole el pelo, digo, cepillándoselo, como si nada.

—Me estás jalando —aulló Ali.

—Porque estoy pasando por este bosque de nudos.

—¿Qué dijiste? —preguntó Ali, muy asombrada.

—Que tu pelo está lleno de nudos.

Sorprendentemente, su mamá había dicho "bosque de nudos". ¿Cómo podía decir algo de su sueño si ella no había estado ahí? Misterio...

—Listo. Mira tu peinado de hoy.

—Parece...

—Exactamente, pareces una princesa antigua y rosa.

—Yo no quiero ser princesa, ni antigua ni moderna. Yo quiero ser Lía superheroína —se atrevió a decirle bajito.

—¿Lía? Tú te llamas Ali.

—Ali-Ali-Alialialialia-¡Lía!

—Lía, digo Ali, esos juegos de palabras que haces con tu papá son sólo juegos. Tú eres mi hija y por eso te toca ser princesa.

—Ya sé, ma.

—Ahora a desayunar, anda... —Margaritte se calló de pronto, para luego exclamar llena de sorpresa—. ¿Estoy soñando? Ali, tu castillo... ¡está brillando!

Ahí estaba la gelatina.

—¡Cómo crees, mamá! —Ali contestó rápido para distraer a Margaritte—. El castillo no brilla porque es un juguete.

—Ya sé que es un juguete, yo misma te lo regalé. Pero ¿qué es eso? Déjame verlo de cerca.

—¡No! —gritó Ali, y se lanzó al piso para llegar al castillo antes que su mamá.

—¡Cuidado, no te ensucies! —gritó Margaritte.

—¡Cuidado con la gelatina! —gritó Ali.

—¡Cuidado con tu peinado! —gritó la mamá.

Parecían competencias.

Tanto grito puso nerviosa a la gelatina y empezó a temblar.

—¡Está viva! —observó la mamá.

—Sólo está asustada —le aclaró Ali, y no pudo decir más porque la gelatina ya rebotaba por todo el cuarto—. ¡Cuidado, mamá, no la vayas a pisar! Rebota porque se está activando.

—¡No la toques, hija, te vas a intoxicar!

Ali saltaba de la cama al sillón y del sillón a la silla. El castillo de muñecas perdió su torre mayor y Margaritte Famous se protegió en el clóset con los vestidos de princesa.

—¿Qué pasa? —se asomó el papá de Ali, que se llamaba Miguel.

—¡Eso pasa! —señaló Margaritte con el dedo en el aire, desde su escondite.

—¿Un pájaro? —preguntó su papá, y corrió a abrir la ventana del cuarto.

—¡No, papá, no abras la ventana!

Pero era demasiado tarde: la gelatina no perdió la oportunidad y, con un último brinco, voló hacia el jardín.

—¡Voy por ti, no te asustes! —le gritó Ali desde la ventana y corrió por el pasillo.

—Esto parece un caso para Súper Lía —pensó su papá en voz alta y enseguida gritó—: ¡Hija, no te olvides de tus *llamas*!

—¡Ay, sí es cierto! —y se puso las llamas, el vestido, y salió corriendo de casa.

—¡Hija —gritó Margaritte Famous desde el clóset—, no olvides que las princesas corren con gracia!

—Querida, ya se fue —y Miguel, muy amable, rescató a su esposa.

—¿Me puedes explicar qué son esas llamas?

—Así les dice a las mallas. Ya sabes, al revés. Las usa cuando quiere ser superheroína.

—Ay, esos juegos de palabras. Y además, se fue sin desayunar.

—Querida, tenemos muchas cosas de que hablar.

CAPÍTULO 3
AZUL OLVIDA LA CONTRASEÑA

El jardín del edificio donde viven Ali y Azul es enorme, además tiene muchas veredidas en zig zag entre los arbustos. Por eso es el lugar favorito de Azul para transformarse en Súper Rápida Arcoíris Poderosa (su nombre de superheroína) y practicar sus poderes.

—Atención, aquí Súper Rápida Arcoíris Poderosa hablando con mi reloj transmisor de señal a prueba de radar. Hoy me voy a atrever a pedirle a mi mamá que me haga una fiesta de cumpleaños. Atención, mamá va hacia el jardín.

Azul se recargó muy derechita contra el álamo y volteó a izquierda y derecha. Los árboles eran la mejor base de todos los juegos.

—Es hora de volverme invisible. ¡Instrucciones, ahora! —y sacó de la mochila su libreta secreta.

♡ Instrucciones para volverse invisible ♡

1 **Poner música.** O sea, cantar la canción mágica. Tú tienes que inventar la tonada (si no, no funciona).

> Pon acción al antiolores,
> que tu aroma sea de flores.
> Si te escucho no se vale,
> es mejor quedito, ¿sale?
> Flexible como un resorte,
> tan ágil como el deporte.
> Te digo que lo invisible
> no es algo tan imposible.

2 **Jugar a caras y gestos.** Poner las manos frente a tu cara en posición me veo-no me veo una y otra vez. Puedes sacarle la lengua al espejo de vez en cuando, pero mejor sigue estas instrucciones donde no haya nada que te refleje, o te vas a desconcentrar.

3 **Andar en modo invisible.** Caminar detrás de mamá, **NUNCA** a su lado. (Y si puedes, échate perfume, porque tu mamá te puede descubrir por el olor, aunque sí te hayas bañado.)

4 **Hablar en modo invisible.** Recordar que no hay que decirle "mamá" a tu mamá jamás de los jamases, porque con esa palabra se pierde la invisibilidad. Mejor di su nombre.

Cuando Azul cumplió con cuidado las instrucciones, salió de detrás del álamo y corrió a espaldas de su mamá, con la mochila a rastras.

—Julia... Julia, ¿me oyes?

Lo de andar detrás de ella era algo fácil, porque su mamá siempre tenía mucho trabajo y todavía más prisa.

—Sí, hija, ya te oí.

—¿Y me ves?

—No.

—¡Lo logré! Soy invisible —dijo Azul en secreto, y luego—: Mamá, tengo que decirte algo.

—Me lo cuentas en la noche. Regresa a la casa y ponte un suéter porque hace frío.

—Pero si no me ves, ¿cómo sabes que no tengo suéter?

—Ay, m'ija, tú hazme caso. Pórtate bien.

La mamá de Azul salió a la calle para esperar el taxi.

¡Ay, no, por andarse acelerando, Azul había dicho la palabra anticlave, la contra-contraseña! Por eso Julia la había visto y supo que no traía el suéter puesto. Se le habían abierto los poderosos ojos que tienen las mamás en la espalda. Azul tendría que rediseñar esas instrucciones, definitivo.

—Mamá, espera, es que te quiero decir algo. Es de mi fiesta...

Pero Julia se había ido ya como todas las mañanas: sin revisar que Azul hubiera desayunado. Snif.

Ni modo. Era hora de regresar a su identidad secreta para ir a la escuela. Era hora de ser Azul.

—Atención, aquí Súper Rápida Arcoíris Poderosa comenzando proceso de transformación a niña. Revisión de ropa, lentes en su lugar, zapatos boleados, hoyito disimulado del zapato, pelo peinado.

Tenía que encontrar una manera rápida de convencer a su mamá para que le hiciera una fiesta, aunque fuera chiquita. Pero no pudo idear ningún plan porque de pronto descubrió un objeto volador no identificado en el aire.

—Atención, atención, hay algo en el cielo que... no es un pájaro, no es un avión... ¡Es una bola brillante!

—¡Es mía! —gritó Ali al salir al jardín.

—¿Ali?

—¡Azul!

"Qué bonito vestido trae puesto Ali. Ojalá yo pudiera tener uno así para mi fiesta", pensó Azul pero, al parecer, esa mañana no había mucho tiempo para detenerse a pensar.

—¡Ayúdame a atraparla! —le pidió Ali.

—¿Es tuya?

—Creo que sí.

—¿Crees? Entonces no es tuya.

La gelatina rebotó tan fuerte en el piso, que se perdió de vista en el aire.

—Niñas, ya llegó el transporte escolar —las llamó don Pedro, el portero del edificio.

—Ven acá —dijo Ali—, o te dejo aquí solita.

La gelatina bajó despacito, directamente a sus manos.

—¡Te obedeció! Entonces sí es tuya. ¿Te volviste maga de la noche a la mañana?

—No, pero ya puedes enseñarme a ser superheroína.

—Tú pregúntame —y Azul sonrió de oreja a oreja.

CAPÍTULO 4
SUPERAMIGAS

Todos los días, el autobús recoge a las dos amigas para llevarlas a la escuela. Ahí aprovechan para platicar, y esa mañana tenían mucho que contarse.

—¿Cómo conseguiste esa bola mágica? —preguntó Azul, ansiosa.

—No es bola mágica. Es una gelatina brillante.

—Pero ya no está brillando.

—A lo mejor necesita descansar —Ali le hizo una cunita entre sus manos.

—¿De dónde la sacaste? ¿Y ese vestido tan bonito? —Azul estaba llena de preguntas.

—El vestido me lo regaló mi mamá.

—Ah, y ¿por qué te dio regalos tan pronto? Nuestros cumpleaños son hasta el viernes.

—Le gusta dar regalos desde antes.

—Yo quiero regalos y un vestido así.

—Yo no. Ya no quiero ser princesa. Quiero ser superheroína.

—Ya sé. ¡Como yo! —dijo Azul, orgullosa.

—¡Sí, como tú!

—¿La gelatina también te la dio tu mamá?

—No. La gelatina vino conmigo desde la Isla de Princesas Primaverales.

—¡¡¿Quééé?!! —Azul, abrió los ojos grandes, no cabía de asombro—. ¿Y cuándo fuiste? ¿Por qué no me invitaste? ¿Tu mamá fue a cantar allá? Yo también quiero ir y tener mi propia gelatina.

—Shh, habla bajito. Mira, ya se durmió.

La gelatina brillante roncaba en las manos de Ali.

—Sospecho que no hay otra gelatina brillante como esta en todo el mundo —dijo Ali.

—¿Cómo sabes? —a Azul no le gustaba saber menos que Ali, y mucho menos no tener en sus manos a la única gelatina brillante que existía en el planeta.

—Porque la inventó un hada. Se llama Lu y me la prestó para protegerme. La gelatina me volvió invisible antes de que la reina Alexandra me atrapara.

—¡¿Que que quééééé?! ¿Esta gelatina te volvió invisible? ¿Ya eres superheroína o cómo? Pero si yo te iba a enseñar, no es justo —Azul se cambió de asiento, era señal de que estaba triste.

"Primero un vestido rosa y una fiesta de cumpleaños", pensó, "y luego un hada-gelatina que la convierte en superheroína".

Ali fue a abrazarla. Conocía muy bien a su mejor amiga y sabía cómo ponerla de buen humor.

—Todo pasó en un sueño nada más.

—Ah, con razón.

—Pero tú me vas a enseñar de verdad.

—¡¡¡Sí!!! Yo te enseño, porque soy Súper Rápida Arcoíris Poderosa. Oye, Ali, y si te enseño, ¿vas compartir tu fiesta de cumpleaños conmigo? Mi mamá no puede hacerme una.

—¡Claro! Pero me ayudas a que sea una fiesta de superheroínas y no de princesas, ¿sale?

—¡¡Sale y vale!! ¡Va a ser la mejor fiesta del mundo!

* ⭐ *

La gelatina se despertó por las risas de las amigas, y los demás niños que viajaban en el autobús voltearon a verlas con curiosidad.

—Mira, Ali, ya vengo preparada —y Azul le mostró su disfraz bajo el suéter.

—Me encanta tu disfraz, y el hoyito del zapato.

—Es parte de mi identidad secreta. Pero no se dice disfraz, se dice ropa estratégica. Así nadie sospecha quién soy.

—Bueno, me encanta tu ropa estratégica.

A la gelatina también le gustaba la ropa estratégica de Azul y se subió a su cabeza.

—Creo que le caes bien.

—Porque soy tu superamiga.

—¡Síííííí!, ¡y las dos vamos a ser superheroínas, hoy mismo!

—No, hoy no. No es tan rápido. Tienes que tomar mis clases y seguir mis instrucciones.

—Pero necesito ser invisible hoy.

La gelatina rebotó muy fuerte en la cabeza de Azul.

—¡Auch, me duele!

—Ella también quiere que sea hoy —se rio Ali.

Azul quiso atraparla, pero la gelatina era más ágil que ella y pegó un brinco al hombro de Ali.

—¿Cómo te llamas? —le preguntó Azul.

—No habla. Tampoco sé si tiene nombre. El hada le decía *es-laim*.

—*Es-laim-es-laim-es-laim*... ¡Aaah! *¡Slime!* ¿Esto es un *slime*? Yo siempre he querido uno. Préstamelo por favor, por favor, por favor, por favor... —repitió Azul hasta hacer bizcos—. Hola, Slime.

Slime brincó a la mano de Azul para chocarlas con ella.

—Ugh, se siente pegajoso y mojado, pero mis manos no se mojaron al tocarlo.

—Eso es porque tiene poderes.

—¿De veras?

—Sí, y se activan cuando... —pero Ali ya no se acordaba bien de su sueño.

El autobús frenó en ese instante y sonó el claxon especial del chofer.

—¡Llegamos! —les avisó, y la pandilla de niños se precipitó a la puerta.

Las dos niñas se dieron la mano y dejaron un huequito para que Slime se escondiera.

—Vamos a invitar a todos a nuestra fiesta —dijo Azul—. A todos menos a una...

—Brisa presumida —dijeron las dos al mismo tiempo.

—Estoy nerviosionada —confesó Ali.

—Yo también.

Entre sus manos, Slime temblaba de emoción. Y como estaban muy coordinadas, se les vino a la mente una frase que desde esa mañana sería su preferida:

—¡Poderes de las amigas fantásticas, actívense! —gritaron juntas al brincar del último escalón del autobús y echaron a correr hasta su salón.

CAPÍTULO 5

DOS PRUEBAS DE FUEGO

A la hora del recreo, Ali se sentó en un rincón del patio a comer su lunch. Pensaba en cómo regresar a la Isla de Princesas Primaverales en Forma de Unicornio. También trataba de recordar la canción de la transparencia ultrainvisible, sobre todo antes de su cumpleaños. Estaba a punto de morder su rollo de crema de cacahuate y mermelada cuando Azul llegó corriendo.

—Listo, listísimo. Ya les dije de la fiesta, a todos menos a Brisa.

—Menos mal.

—¿Qué comes? —sin esperar la respuesta, Azul se comió uno de los rollos—. ¡¡De-li-cio-so!!

—Los hizo mi papá.

—Está tan rico que parece magia, y sólo conozco un poder así de delicioso y mágico.

—¿Cuál?

—El poder de la amistad.

—Entonces, ¿ya tengo un poder? —preguntó Ali, con su gran sonrisa.

—Sí, que sólo funciona si estamos juntas y me das de tu lunch.

Obviamente, Ali le dio todo su lunch a Azul.

—Cuando dos superamigas comen algo extradelicioso juntas, pueden inventar planes para vencer a los malos —explicó Azul mientras se comía otro rollo. La verdad es que sus propios lunches no eran tan ricos que digamos.

—O sea que ya podemos hacer el plan para rescatar a Lu de la reina Alexandra, ¿no?

—Ya casi. Por cierto, lo olvidaba: es hora de hacerte la prueba.

—¿Tengo que pasar una prueba? No sabía —dijo Ali, un poco decepcionada porque no le gustaban las pruebas, se ponía muy nerviosa.

—Claro, yo te la voy a hacer porque estoy calificada para saber si alguien puede ser superheroína. Y creo que tú puedes serlo.

—¿Cómo sabes? —la voz de Ali se oía súper entusiasmada otra vez.

—Fácil —explicó Azul—. Una superheroína en potencia es alguien que tiene problemas y no puede resolverlos, a menos que tenga poderes. Y además trae puesto un vestido rosa.

—A mí no me gusta, y mi mamá no se da cuenta de que yo quiero algo diferente de ella.

—A mí sí, pero siempre me dan ropa azul porque me llamo Azul.

—Si quieres te lo doy, sólo recuerda que la fiesta no es de princesas, ¿eh? —Ali se quitó su vestido y se lo puso a su amiga. Al fin que debajo llevaba puesta su playera y sus *llamas*.

Azul no podía hablar, estaba de lo más contenta... Nunca había tenido un vestido tan lindo como ese. Se levantó en el acto y dijo seriamente:

—Ali, acabas de pasar la gran prueba para ser superheroína...

—¿Ya? ¿Y cuál era?

—¡Compartir!

—¡Eeehh!

Slime se asomó de la mochila, brillando de nuevo porque estaba emocionado. De tan contentas, nadie se dio cuenta de que Brisa, la más presumida, iba hacia ellas.

Brisa era la más egoísta de la escuela. Nunca compartía su lunch con nadie aunque a todos les llegaba el riquísimo aroma a limón y cajeta que salía de su lonchera. También era la más envidiosa. Si alguien llevaba un juguete que ella no tenía, lo rompía. Y claro, era la más presumida. Nadie podía llevar un vestido más lindo que el suyo, mucho menos Azul.

—Quiero ese vestido que traes puesto y que me inviten a su fiesta —ordenó Brisa.

Azul no contestó, se quedó como estatua. Por eso Brisa pudo acercarse a la mochila de Ali y descubrir a Slime, pues su brillo lo delataba.

—¿Y eso que brilla? También lo quiero —dijo Brisa.

—Yo también, aunque no sé qué es —dijo Martín, el niño del violín, que venía con Brisa.

—Se lo queda quien lo atrape —propuso León, el de las caricaturas, que nunca dejaba de dibujar y siempre competía con Ana, la mejor para el anime.

—Tal vez sea un minimeteorito perdido —supuso Emilio, el niño más curioso, tipo científico.

—¿No será un minibalón? —se preguntó Azury, que no por nada era la futbolista estrella.

—Da un brinco al árbol, anda —le dijo Ali al *es-laim*—. ¡Que nadie te atrape!

Todos querían el *es-laim*.

—Ni lo piensen —les advirtió Brisa—. Ese *glitter* es para mí.

Todos sabían cómo se ponía Brisa si no lograba obtener lo que quería, por eso se paralizaron.

—Azul, dame el vestido y sube por el *glitter*, o lo que sea esa cosa —le ordenó Brisa, chasqueando los dedos. Le encantaba chasquear los dedos.

Ali sintió que se volvía de fuego: un gran enojo le subía por todo el cuerpo. Tenía muchas ganas de defender a su amiga. "Si tan sólo fuera superheroína, podría lanzar bolas de fuego", pensó, pero todavía no lo era. En cambio, su amiga sí.

—Azul, dile algo a Brisa.

Pero Azul parecía de piedra, no podía hablar, así que Ali tomó fuerzas y alzó la voz:

—El vestido y el *es-laim* son míos.

—Ya decía yo que Azul no podía tener un vestido tan lindo y rosa —se quejó Brisa—, sobre todo porque se llama Azul. Además, te apuesto a que su mamá no puede comprarle un vestido así.

—Si los quieres, pídemelos a mí —dijo Ali, echando lumbre.

—Dame el vestido, ahora. Si me lo das, tendré completa la colección de vestidos de todos los colores. Sígueme —le ordenó Brisa.

Pero Ali no fue detrás de ella, sino que trataba de bajar el *es-laim* del árbol.

—¿Qué haces? —volteó Brisa—. ¡Ah, ya veo!

Brisa pegó un brinco y atrapó al *es-laim* de un manotazo. Y es que, además de presumida, egoísta y envidiosa, era alta y brincaba muy bien.

—¡Guácala, está mojado! Igual me lo voy a quedar.

—Es mío —dijo Ali, enojada.

—Atrévete a quitármelo —la desafió Brisa.

Azul detuvo a su amiga.

—No le dirijas la palabra, por favor, se va a enojar más.

—¿Por qué te asustas? Eres una superheroína.

—Shh, no le digas a nadie. Mucho menos a Brisa —le pidió Azul—. Se va a reír de mí.

Ali no dijo nada, dejó que Brisa se fuera con todo y *es-laim*. Estaba confundida. ¿De qué le servía a su amiga ser superheroína si le tenía tanto miedo a Brisa?

—El *es-laim*... Se lo llevó —dijo Ali, preocupada—. Azul, tienes que enseñarme a ser superheroína lo más rápido posible.

Pero Azul seguía como piedra.

CAPÍTULO 6
NIÑAS AL RESCATE

Esa tarde, Ali bajó al jardín lo que Azul le había encargado de su casa. Fue complicado porque Margaritte Famous no había ido a cantar, así que Ali tuvo que sacar sus cosas a hurtadillas. No le importó cargar varias bolsas al mismo tiempo, pues había que rescatar a Slime cuanto antes.

Lo más difícil de sacar sin que sus papás la vieran fue el cajón de objetos mágicos. Así les llamaba Margaritte Famous a sus pañuelos, broches, antifaces, diademas, collares, pulseras, tiaras, lentes, guantes y cinturones, porque le daban suerte en el escenario. Ali acomodó el cajón con mucho cuidado en el pasto y se sentó a esperar a Azul.

Las preguntas saltaban una tras otra en su cabeza:

¿Por qué Azul tardaba tanto en bajar?

¿Por qué el *es-laim* no se había vuelto invisible para escapar de Brisa?

¿Qué le había pasado a Azul que no se convirtió en superheroína cuando más lo necesitaba?

—¡Buhh! —brincó Azul detrás de Ali.

—¡Ahh, me asustaste! ¿Dónde andabas?

—Eh... aquí, pero no me veías porque estaba en modo invisible —mintió Azul, que acababa de llegar.

—Pues me hubieras avisado, es que tengo muchas preguntas. Por ejemplo, ¿qué se elige primero?, ¿el disfraz, el poder, los escudos protectores o la debilidad? Porque los superhéroes tienen una debilidad que deben superar —dijo Ali, casi sin detenerse a respirar—. ¡¿Y el nombre?! ¿Cómo se elige el nombre? ¡Yo tengo uno!

"O creo que primero se elige el poder", pensó, "porque si me tocara el poder del fuego, como cuando me enojo, debería tener una ropa estratégica que no se queme. Y si me voy a volver invisible... Un momento, ¿cómo debe ser mi ropa para que también se vuelva invisible?".

Azul ni la veía ni la escuchaba. Estaba encantada por otra razón.

—¡Joyas de verdad! —había descubierto el cajón de objetos mágicos de Margaritte Famous y, sin decir agua va, se echó un clavado adentro.

—¡Azul! —gritó Ali—. Así es imposible aprender a ser superheroína.

Azul asomó con tres vestidos de princesa puestos y todas las joyas encima. Con tanto peso, cayó al pasto como una muñeca sin vida.

—¿Te hipnotizaron?

Ali le quitó los vestidos y Azul regresó a la normalidad.

—¿Qué me pasó?

—Estabas como hechizada.

—Lo mismo me pasa cuando estoy cerca de Brisa. Es que me gustan tanto los vestidos bonitos... Por eso no puedo con ella, sobre todo cuando me dice: "Te apuesto a que tu mamá no puede comprarte un vestido de esos". Cuando dice cosas así, la fuerza que tengo, *puf*, desaparece y se me hipnotizan las neuronas.

Ali volvió a sentir el enojo de fuego.

—¿Sabes para qué quiero ser superheroína?

—¿Para qué?

—Para defender a los que se sienten mal por culpa de alguien como Brisa. Tenemos que vencerla antes de que se vuelva muy mala.

—¿Y cómo vamos a hacer eso?

—Luchando contra ella. Tú eres una super-niña.

—¿Sí? Yo decidí convertirme en superheroína para ayudar a mi mamá —le confesó Azul.

—¿En serio?

—Es que trabaja mucho y no tiene tiempo para nada. No me deja ayudarle porque dice que los papás y las mamás deben cuidar a sus hijos y no al revés.

—Bueno, eso sí. Pero de todas formas, a veces se revuelven los personajes.

—Por eso se me ocurrió volverme invisible, ¡para ayudarla sin que me vea! Pero la verdad es que todavía no me sale.

Ali abrazó a su amiga y le dijo:

—Juntas vamos a vencer a Brisa y a rescatar a Slime, y si lo logramos, tendremos nuestra superfiesta.

—¿Cómo estás tan segura?

—Porque tenemos el poder de la amistad. Tú me lo dijiste. ¡Somos las amigas fantásticas!

—Pero ¿y si Brisa me hipnotiza de nuevo?

—Pues yo te deshipnotizo, y tú también. Anda, tienes que recuperar tus *superpodheroínos*. Y cuando yo los tenga, peleamos juntas.

—Tienes razón —se animó Azul—. Tenemos que intentarlo —y se levantó de un salto—. ¡¡¡Que comience la transformación de las superheroínas!!!

Primero hicieron pruebas de vestuario para ser unas superniñas respetables. Unos eran de rayos y estrellas; otros, de corazones, colores pastel y animalitos; también de flores y álamos, o de agua, viento y fuego.

Azul aprovechó para cambiar su traje. Del cajón de objetos mágicos de Margaritte Famous eligieron uno cada una para que les diera buena suerte. Y cuando estuvieron listas, Azul anunció:

—Es hora de probar nuestros movimientos especiales.

Practicaron machincuepas, pasos de baile, golpes en el aire y derribadas al piso. Estaban casi listas.

—Ahora... los poderes —explicó Azul—. Pon atención: cada poder se obtiene según el tipo de malos que debas derrotar, la fuerza que vas obteniendo y las debilidades que aprendas a dominar.

—¡Wow! Eso suena muy complicado —dijo Ali—. Por ahora sólo necesitamos ser invisibles.

—Sí es cierto. Y a mí no me sale tan bien todavía.

—Pero a Slime sí. Y él nos va a volver invisibles... —Ali empezó a recordar—. Si aún le quedan fuerzas.

—Hay que apurarnos. Sólo nos falta tu nombre. El mío es Súper Rápida Arcoíris Poderosa.

—Me gusta mucho. El mío es... Lía.

—¿Tan cortito? Mira, en el nombre debes incluir lo que puedes hacer y en lo que te conviertes —aclaró Azul.

—Ah, entonces voy a ser Súper Lía Unicornio Nereida Hada Invisible.

—¿Por qué tantos?

—Porque en mi casa, y hasta en la Isla de

Princesas Primaverales —explicó Ali—, tengo que ser nada más una princesa, y ya me cansé de ser ese personaje. Voy a combinar la magia de los unicornios, las hadas y las nereidas. Quiero ser los tres al mismo tiempo, así voy a cuidar y a defender a las personas de muchas maneras.

—Me gusta —dijo Súper Rápida Arcoíris Poderosa, muy convencida. Luego la hizo de emoción—: Chachachachán... leche con pan... Ha llegado el momento de que sepas cómo volverte invisible...

—¡Por fin!

—A lo mejor sí funciona contigo.

Con timidez, Azul le dio su libreta secreta y Ali leyó en voz alta el primer punto:

> ♡ **Instrucciones para volverse invisible** ♡
>
> **1** Poner música...
>
> Pon acción al antiolores,
> que tu aroma sea de flores.
> Si te escucho no se vale,
> es mejor quedito, ¿sale?
> Flexible como un resorte,
> tan ágil como el deporte.
> Te digo que lo invisible
> no es algo tan imposible.

—¡La canción del hada! —exclamó Ali, que la reconoció al instante—. ¿Cómo te sabes esa canción?

—La oí en un sueño y me la aprendí —dijo Azul.

—¡Tú también soñaste con Lu!

—¿Con quién?

—¡Con el hada escondida!

—¿Yo? —preguntó Azul, más confundida que nunca.

—¡Claro! —Ali recordó todo—. Necesitamos cantarle esa canción a Slime. Así se activó en la isla (bueno, en el sueño) y me volvió invisible. Hay que hacer lo mismo para regresar.

—Entonces ¿tú crees que yo también pueda ser invisible? —preguntó Azul, muy nerviosa.

—Obvio, tenemos el poder de la amistad, ¿recuerdas?

—¡Sí!

—Además, yo digo que también tenemos el poder de activar nuestros poderes.

—¡Amigas fantásticas, actívense!

—Bueno, ya hay que irnos a dormir. Y rescataremos temprano a Slime, porque ha de estar muy triste. ¡Hasta mañana! —dijo Ali, que ya iba corriendo a su casa.

—Hasta mañana, Supermejoramiga Lía —susurró Azul, y cruzó los dedos. Ella también quería viajar a esa isla.

CAPÍTULO 7
TORMENTA DE COLORES

Las superheroínas llegaron a la escuela pero no había nadie en el patio. ¿Estaban todos en clase?

Un olor a limón y cajeta llenó el aire.

—Esto me huele mal —dijo Súper Rápida Arcoíris Poderosa.

—¡Es Brisa! El olor viene de la Dirección —dedujo Súper Lía Unicornio Nereida Hada Invisible—. Vamos a investigar.

Pero Azul se detuvo, el miedo la había inmovilizado otra vez.

—¿Y si me vuelve a hipnotizar?

—No dejes que el miedo te atrape, además estamos juntas —y Súper Lía le dio la mano.

—¡¡Ya sal, Brisa!!

—A lo mejor sólo está jugando a las escondidillas —deseó Azul con todas sus fuerzas.

Pero Brisa se asomó desde la ventana de la Dirección.

—¿Me buscaban? Ahora llámenme Brisa Storm.

—Ay, no —dijo Lía en voz baja—, ya es una princesa muy mala —y enseguida le gritó—: ¿Dónde está el *es-laim*? Devuélvemelo.

—Si lo quieres, ven por él.

Su cabello había crecido, era como una cuerda larga larga.

—El cabello no crece tan rápido a menos que uses magia —pensó Lía en voz alta—. ¡Está usando la magia y el poder del *es-laim*!

—¡Qué lista eres! Aquí lo tengo y lo voy a usar aún más.

En ese momento, el cabello-cuerda atrapó a las dos superheroínas.

—¡Suéltanos!

—Eso es trampa. Sal al patio a luchar.

Trampa o no, Súper Lía y Súper Azul estaban amarradas.

—¡La cuerda me aprieta! —a Azul no le gustaba estar apretada.

"Ay, no", pensó Lía, "olvidamos ponernos alas como los unicornios de la isla".

—¿Cuál es el poder de los unicornios? —preguntó Azul.

—Arcoíris mágicos —la voz de Lía se iba haciendo chiquita.

—Tu voz se está apagando. Canta una canción de unicornios, rápido.

—No me sé ninguna.

—¡Invéntala!

—¡No-pue-do res-pi-rar!

—¡Tú puedes!

Súper Lía tomó fuerzas, cantó como su mamá y jugó con las palabras como su papá.

Arcoíris de unicornios
sí que han sido de una pieza
desde el bosque de plutonio
hasta donde el valle empieza.

Son mágicos y veloces,
pacíficos, súper fuertes.
El valor se ve en sus coces
y en las alas traen la suerte.

Fantásticos, diamantinos,
magníficos cual bombones.
Con colores refractinos
acechan a los bribones.

Al terminar de cantar, Súper Lía se desmayó.

—Qué superheroína tan débil. Acabé con ella en un segundo —se rio Brisa Storm.

—Ali, digo Lía, tú puedes vencer a Brisa porque eres fuerte y valiente, y ¡puedes ser un unicornio arcoíris! —le gritó Súper Azul—. No me dejes sola, por favor —le susurró. Pero Súper Lía no daba señales.

Quizá fue gracias al poder mágico de la amistad, pues luego de un silencio, Ali, digo Lía, o más bien Súper Lía logró abrir los ojos y se levantó, convertida en un ser fantástico.

—¿Qué eres ahora? —preguntó Brisa Storm, con cara de ¡*Ooohh!*

—Ahora soy... ¡Aliunicornio!

Y en eso, un arcoíris largo y brillante salió como resbaladilla de la boca de Aliunicornio,

se derramó sobre Brisa Storm y encima de toda la escuela.

—¿Estás vomitando un arcoíris? ¡Qué asco! —gritó Brisa.

Entonces el cabello-cuerda de Brisa Storm se transformó por contacto en una resbaladilla de colores también.

—¡Estoy libre! —gritó Azul, aliviada.

—¿Qué le hiciste a mi cabello tan lindo? —lloró Brisa Storm.

—Lo volví más amigable —dijo Aliunicornio.

—¡Así jugamos los unicornios en la isla! —explicó a Azul mientras brincaba de un color a otro.

—Esto no se va a quedar así —Brisa Storm lanzó otro poder:

Por el poder de los colores oscuros,
Que llegue justito aquí un negro conjuro.

El arcoíris se oscureció. Los colores se separaron en siete franjas, que fueron a dar a las manos de Brisa Storm.

—¡Poder de la Tormentaaa! —gritó la malvada, y el cielo tronó.

—Las tormentas me dan miedo —dijo Aliunicornio, y regresó a su forma de Súper Lía.

—A mí también, sobre todo si mi mamá no está —dijo Súper Azul.

Cada rayo del arcoíris oscuro producía un dolor diferente. El rojo oscuro te daba puntapiés, el azul te pellizcaba rudo, el verde mordía mordiscos mordelones, el amarillo te lanzaba aullando por los aires y el morado te sacaba moretones. El peor color era el negro. Brisa Storm lo lanzó hacia el cielo y cayó la noche más oscura, como un eclipse de la nada.

A Brisa no le caía bien Azul, por eso probó sus nuevos rayos-poderes sobre ella.

—¡Rayo rojo para ti! Y de paso uno azul, como tú.

—¡Auch! ¡Me duele!

—A ver si como superheroína eres buena, porque nunca vas a ser princesa.

—Y quién dice que queremos ser princesas, mucho menos una como tú —gritó Súper Lía, pero ya era tarde: Súper Azul estaba hipnotizada.

—Y tú, Ali, Lía o como te llames, te obligo a que seas mi amiga.

—Yo no quiero ser tu amiga.

—¿Ah, no? Entonces también te tocan mis rayos. Toma un rayo verde. Morado. Verde. Verde. Verde. Verdosososo.

—Deja de morderme —dijo Súper Lía, enojada.

—Yo no muerdo, son mis rayos, ja, ja, ja —se burló Brisa Storm.

Súper Lía Unicornio Nereida Hada Invisible no se dio por vencida. Se acordó de su amiga hada Lu, de sus polvos mágicos y del *es-laim* prisionero.

—Si pude convertirme en unicornio, también puedo transformarme en un hada. Y cantó:

¿Aladas las hadas,
nereidas mojadas?
Preguntas capciosas,
oh, niñas graciosas,
si encuentras tu magia,
con ella contagia
radiantes tintines,
mil planes le arruines
a toda malvada.
Respuesta: soy hada.

Dos alas nacieron en la espalda de Súper Lía, y de sus manos brotaron esferas luminosas.

—Azul, mira, ¡tengo alas! —y Lía agregó viendo a Brisa Storm—: Ahora me toca a mí —y comenzó a lanzarle esferas.

Era como tirar bolas de nieve, ¡muy divertido!

—¡Basta! ¡Me hacen cosquillas y no me quiero reír! —gruñó Brisa.

—Voy a seguir haciéndote cosquillas hasta que me devuelvas a Slime.

Las esferas eran tan resplandecientes que se perdió todo rastro de los colores oscuros. Brisa Storm ya no tenía nada que lanzar. Se había quedado sin poderes.

—Toma el *es-laim*, al fin que ya no sirve —dijo Brisa entre risa y risa, no lo podía evitar, ya hasta le dolía el estómago de tanto reír. Ponerse de simple era la mejor broma de la magia para una niña payasa.

—¡Estás todo apachurrado! —exclamó Súper Lía al recogerlo, y lo abrazó con ternura.

De tanto usarlos sin permiso, Brisa le había arrebatado al *es-laim* todos sus poderes. Qué capricho.

Los niños, niñas y maestros asomaron de la Dirección. El hechizo de Brisa Storm había terminado. El cielo se iluminó como si alguien hubiera encendido la luz. Las esferas brillantes todavía flotaban en el aire.

—Parece una sinfonía en el cielo —dijo Martín, el niño del violín.

—¡Cuántos matices! —vio asombrado León, el caricaturista.

—¡Vamos a dibujarles más brillitos en los ojos! —dijo Ana, la del anime.

—Para mí que son asteroides de una isla fantástica en primavera —dijo Emilio, el niño científico.

—¡Nooo, son las jugadas de un partido de futbol estelar! —dijo muy en serio Azury, la futbolista.

En medio de la alegría, Brisa Storm se había esfumado.

—¿Y Brisa? —preguntó Súper Azul, que volvía en sí.

—¡Desapareció! —exclamaron a coro los niños del salón, con cara de *¡Lo que nos faltaba!*

—¡Miren! ¡A Slime le falta un pedazo!

—Brisa lo pellizcó, por eso ya no funciona.

—Y ahora, ¿cómo nos hará invisibles? Yo necesito ayudar a mi mamá —dijo Azul, muy preocupada.

—¡Con la canción! —explicó Lía, y las dos juntas cantaron:

Pon acción al antiolores,
que tu aroma sea de flores.
Si te escucho no se vale,
es mejor quedito, ¿sale?

Flexible como un resorte,
tan ágil como el deporte.
Te digo que lo invisible
no es algo tan imposible.

Pero Slime no brillaba ni se movía. ¿Estaba descompuesto? ¿Sin pilas? ¿Muerto acaso?

Para nada. De repente brilló con tantas ganas que deslumbró a todos. Sólo se había tomado un momento para descansar.

—¡Está vivo! —gritó Lía, y bailó con él y le dio muchos besos.

—Ese *es-laim* brilla más fuerte que el sol —comentó Emilio, el niño científico, sin miedo a exagerar.

El *es-laim* hacía gestos y se estrujaba solito. Lía tuvo que acercárselo al oído.

—Dice que es hora de ir a la Isla de Princesas Primaverales en Forma de Unicornio y que Súper Rápida Arcoíris Poderosa no pare de cantar.

El *es-laim* comenzó a rebotar.

—Se está activando. Es la señal —Súper Lía lo colocó en el piso y el *es-laim* mojado que no mojaba se volvió agua.

—¡Se convirtió en charco! —Súper Azul lo tocó con gran curiosidad—. Y mi mano no está mojada. ¡Es magia!

Llegó el momento. Había que tocar el charco con los pies. Todos vieron cuando las dos amigas se volvieron invisibles.

—¡Yo no sé nadar! —oyeron que decía Azul.

—Somos superheroínas —dijo la voz de Lía—, y pido el poder de las nereidas, para mi amiga y para mí.

¡A nadar! Eran dos nereidas invisibles, y juntas iniciaron el camino hacia la isla. Qué pena que nadie pudiera verlas porque sus colas tornasoladas eran muy lindas. En la escuela, el charquito de agua se secó.

—Sí que es magia —dijo románticamente Martín, el niño del violín.

—¿Será como una goma especial? —dijo León, el caricaturista.

—¿Hacemos una competencia? A ver quién dibuja mejor el *es-laim*, ¿no? —lo retó Ana.

—Yo opino que el *es-laim es-laim-agina-ción* —dijo Emilio, un científico sin temor a equivocarse esta vez.

CAPÍTULO 8

IDENTIDAD SECRETA

Súper Lía y Súper Azul llegaron a la isla por el Manantial de las Niñas de mis Ojos, es decir, el ojo de la isla. Cuando las dos amigas salieron del agua, Slime dejó de ser líquido y se volvió gelatinoso otra vez.

—Qué linda alberca. ¡Es redonda!

—¡Y el agua está calientita!

—¿Tú crees que sigamos invisibles? —preguntó Azul, y luego gritó al viento—: ¡Hola! ¿Alguien me ve?

Nadie respondió.

—No hay nadie... Mira, unos instrumentos de música, qué simpáticos.

Las nereidas nunca dejan sus instrumentos solos. Además acostumbran recibir a las visitas con una canción.

—Algo raro está pasando aquí —se imaginó Lía, extrañada—, y eso que en esta isla nunca pasa nada diferente.

—¿Qué será? —preguntó Azul.

Lía sacó sus binoculares para echar un vistazo a lo lejos. Quería confirmar su sospecha.

—¡Tampoco se alcanza a ver a nadie en la Pradera Rosada! No hay rastro de los unicornios.

—¿Ni de los arcoíris? —dijo Azul, desilusionada.

En eso apareció entre el follaje la reina Alexandra. A Lía le dio mucho gusto verla, aunque pudiera castigarla. A Azul, en cambio, le asustó su gran tamaño. Al fin y al cabo era una verdadera reina.

—¿Qué oigo por aquí? ¿Qué huelo? ¿Qué veo? —curioseaba la reina.

—Hola, reina Alexandra.

—¡Princesa Rosa, regresaste!

—Sí, tenía muchas ganas de volver.

—¿Y ella quién es? ¿Por qué no habla? —preguntó la reina.

—Me llamo Súper Rápida Arcoíris Poderosa, soy una superheroniña con podheroínos tornasoles.

—Y a la vez es mi superamiga fantástica —añadió Lía.

—Pero me dicen Azul.

—¿Acaso están tratando de hipnotizarme con su trabalenguas, niñas? Aquí la única que hipnotiza soy yo —dijo la reina.

—¿Entonces tú hipnotizaste a las hadas, los unicornios, las nereidas y las princesas? ¿Por eso desaparecieron?

—Claro que no, sólo están encerradas en la torre. Alguien les metió la idea loca de querer cambiar de personaje. La isla era un lío y pues... castigué a todas.

—Querida reina, también puedes solucionar las cosas de otra manera —le dijo Lía.

—No conozco otra manera. A ver, cuéntame, porque estoy aburrida aquí solita.

—Pues verás...

—Momentito, veo que tienes cola de nereida, ¿y eso?

—Es que me cambié de personaje. Larga historia.

—¡¿Quéééé?! —exclamó la reina—. ¿Se han alrevesado todos últimamente?

—Pues...

—Y de paso, explícame por qué tu amiga

tiene puesto tu vestido rosa. El rosa es tu color. No puedes prestarlo porque pierdes tu personalidad.

—Yo creo que no, su majestad —opinó Azul, y tomó la palabra para explicarle a la reina que la personalidad no depende del color de vestido que te pongas, sino que está hecha de muchas cosas, como los colores que te gustan, los sueños que tienes cuando duermes, las ideas que se te ocurren y las cosquillas en la panza cuando tienes ganas de hacer algo nuevo y diferente.

—Como ser una superheroína, por ejemplo, con su identidad —añadió Lía.

—¡¿Una qué?! —se asustó la reina—. Eso... ¿pica?

—Ser una superheroína es muy divertido —dijo Azul—. Puedes hacer maroma y teatro para defender a los demás, puedes volar y atreverte a muchas cosas, como cruzar mares enteros para visitar esta isla. Hasta podrías ser un gato o un súper pato si tienes ganas.

De haber escuchado a Azul en ese momento, Brisa habría puesto cara de *Qué idea tan tonta* y además diría que *las superheroínas no existen y las princesas sí*. Pero las palabras groseras ya no le hacían daño a Azul como antes. Ahora se sentía muy contenta siendo como era.

—¡Tengo una idea! —gritó Lía, emocionada—. ¿Y si nuestra fiesta de cumpleaños es de disfraces? Así todos cambiamos y la reina prueba qué se siente ser distinta de lo que siempre le han dicho que debe ser.

—¡Qué buena idea! —y con su cetro, la reina Alexandra lanzó un rayo plateado de poder hacia la torre.

—Entonces ¿las princesas también tienen poderes? —preguntó Lía.

—Sólo cuando llegan a reinas —se rio Alexandra, y luego dio un hondo suspiro.

Caía ya el atardecer color naranja cuando se abrieron las puertas de la torre y los habitantes de la isla salieron en estampida. Lía corrió a buscar a Lu, pero no se veía por ningún lado.

—¡Lu! ¿Dónde estás?

El *es-laim* comenzó a brillar y saltar más de lo habitual. Se estaba transformando, como los capullos.

—No puede ser... Pero sí. ¡El *es-laim* es Lu! —exclamó Lía, con cara de *Qué increíble*—. ¿Ahí estuviste todo el tiempo?

—Claro, no quería perderme la aventura de salir del Bosque de Nudos, pero tenía nervios, así que me transformé en gelatina glitter.

—Habrías ganado el concurso del mejor disfraz en la fiesta.

Lu y Lía se abrazaron. Azul se quedó aparte, y un poco celosa.

—Claro, ahora ella es tu mejor amiga, no yo.

—Siempre seremos tres —dijo Lía, que conocía muy bien a Azul y sabía cómo ponerla de buen humor.

Al fondo se escuchó la voz de la reina:

—Atención todos. A partir de hoy tendremos un nuevo grupo de habitantes en la isla: las superheroínas. Vivirán en la Torre, que ha dejado de ser zona de castigo.

—¡Lo lograste —le dijo Lu a Súper Lía—: en la isla ya hay superheroínas!

Las tres amigas estaban muy ocupadas explicando a la concurrencia cómo convertirse en una de ellas.

—¿Qué se elige primero? —preguntaban los habitantes de la isla al mismo tiempo.

—¿El disfraz?

—¿El poder?

—¿La debilidad?, ¿para qué quiero una debilidad? —preguntó la reina.

—¿Hay que cambiarse el nombre? —reflexionaba un unicornio—. Y si me lo cambio, ¿cómo van a saber que yo soy yo?

De pronto hubo muchas opciones: unicornios-reinas, princesas con capas, nereidas con cuernos y una reina con cola de sirena. Azul también cambió de personalidad, muchas veces. Jugaba a ser de todo, hasta estuvo practicando lo de vomitar resbaladillas de arcoíris mágicos, y se moría de la risa.

La noche bajaba el telón en la Isla de Princesas Primaverales. Eso significaba que el sol iba a salir en casa y era hora de regresar.

—Lu, ¿vienes?

—Me voy a quedar aquí. Este es mi hogar.

—Te voy a extrañar mucho —dijo Lía.

—Y yo a ustedes, pero nos vamos a ver pronto. Antes de que se vayan, tengo algo para su fiesta de cumple —Lu les dio una caja—. Pero no la abran sino hasta mañana.

Las tres amigas cantaron la canción de la invisibilidad y las niñas volvieron a su mundo.

CAPÍTULO 9
FIESTA DE CUMPLE

Ali despertó en su cama.

"Ojalá mi fiesta fuera como en mi sueño", pero no pudo seguir pensando porque, como cada mañana, su mamá entró a su cuarto.

—¡¡Buenos díaaaaas!! ¡Es hora de levantarse! Feliz cumpleaños, mi amor. Toma tu regalo.

—Ya sé qué es —dijo Ali, un poco decepcionada—, otro vestido rosa.

—¿Tienes rayos X en los ojos? —le preguntó Margaritte Famous.

Ali abrió el regalo. ¡Era una capa... rosa!

—¡Feliz cumpleaños, mi superheroína! Me enteré de que a tu disfraz le hacía falta una capa, y como ya tenías las *llamas* y los objetos mágicos de mi cajón, pensé que la hija de

Margaritte Famous no puede ser una superheroína decorosa si no tiene una capa rosa.

Ali no podía creerlo.

—Feliz cumpleaños, Súper Lía —dijo papá.

Claro, gracias a él, ahora su mamá la entendía mejor.

—Papá, ahora me llamo Súper Unicornio Nereida Hada Invisible.

—Entonces, lo puedes resumir así, SUNHI —dijo su papá, jugando con las palabras de nuevo.

—Te tengo más regalos —dijo Margaritte Famous, y llenó la cama de paquetes chiquitos y grandotes. En uno de ellos había una capa azul—. Por si tienes una amiga a quien dársela.

Era una capa azul brillante. Su cumpleaños comenzaba muy bien.

—Mamá, la capa rosa se la voy a dar a Azul, es su color favorito. A mí me encanta la capa azul porque parece un cielo de estrellas —y salió corriendo por su amiga.

—Ay, otra vez se fue sin desayunar —dijo Margaritte, muy preocupada.

Azul quería seguir soñando con la isla, pero no pudo porque Ali tocó el timbre de su departamento.

—¡Súper Rápida Arcoíris, ya es nuestro cumpleaños!

Azul asomó, despeinada.

—Shh, las mamás no deben saber que somos superheroínas: es nuestro secreto.

Entonces Ali le explicó, un poco nerviosionada:

—¡Tu mamá y mi mamá organizaron nuestra fiesta de superheroínas!

—¿Qué? Pero si mi mamá no tiene tiempo —dijo Azul.

Julia entró al cuarto y la abrazó. Aunque trabajaba mucho, sabía lo que le gustaba a su hija, e igual que Ali, sabía qué hacer para que se sintiera bien.

—Feliz cumpleaños, mi princesa-superheroína.

—Mamá, ¿cómo supiste?

—Mi mamá también sabe todo —dijo Ali—. Y aquí está tu primer regalo. Ya no te toca el azul.

Las amigas fantásticas se abrazaron y brincaron y se activaron y... Mejor pasemos a la fiesta.

Los invitados fueron llegando. Ana y León les regalaron un dibujo de las dos superheroínas con *Lu-es-laim* en anime. Azury, claro, les dio un balón de futbol mitad rosa y mitad azul. Emilio llevaba un sistema solar sólo porque a él le gustaba. Martín, el del violín, interpretó las mañanitas, y las gemelas hicieron una coreografía especial que todos bailaron.

Margaritte Famous había bajado su baúl de vestuario, así que todos pudieron disfrazarse de personajes nuevos e inventados con colores y brillitos.

—Me recuerda a la isla —dijo Ali, pensando en *Lu-Slime* y sus amigos.

Faltaba abrir el regalo de Lu, precisamente. Tenía un gran moño multicolor y, al jalarlo, se volvió resbaladilla. Parecía una fuente de colores y de la caja saltaron *es-laims* para todos.

—¡Hay uno para cada amigo! —gritó Ali. Azul comenzó a repartirlos. Ella, por supuesto, se quedó con el rosa.

—Queda un último regalo —dijo Margaritte Famous señalando un paquete del rincón—, y no es mío.

Era un sobre de colores tornasoles. Adentro había una carta que decía:

> Superheroínas:
>
> Las gemas líquidas del mundo GEMIS han sido robadas por el malvado señor Fenómeno. Necesitamos su ayuda. Deben rescatarlas antes de que GEMIS se destruya. Les enviamos un plan de lo que tienen que hacer.

♥ Plan para rescatar las gemas ♥ del mundo GEMIS

1. Ir al mundo GEMIS.
2. Buscar las pistas que dejó el malvado señor Fenómeno.
3. Encontrar cada gema.
4. Derrotar al malo y atraparlo.
5. Regresar las gemas a su lugar.

—Las joyas de mi cajón de objetos mágicos han desaparecido. ¡Así no voy a poder cantar! —gritó Margaritte Famous.

Ali y Azul se miraron. ¡Este es otro caso para las superheroínas!

Las libretas secretas de las superheroínas

Toda superheroína debe tener una libreta secreta para anotar y que no se le olvide:

Libreta secreta

1. Los caminos para atacar a los malos
2. Los caminos para rescatar a los buenos que están en peligro
3. Los nombres de los malos
4. Los nombres de los buenos
5. Las instrucciones para adquirir un poder
6. Tu platillo favorito para compartir el fantástico poder de la amistad
7. El dibujo de tu traje de superheroína
8. Los poderes que tienes
9. Tu nombre de superheroína

Amaranta Leyva escribe y actúa historias para las niñas y los niños que les gusta ser princesas, príncipes, superhéroes y superheroínas; también para quienes les gusta imaginar y crear historias de mundos fantásticos, como el de Ali y Azul. A ella le encanta convertirse en unicornio e inventar historias con los niños; por eso, con su compañía de títeres construyó La Titería, un centro cultural sólo para ellos. Ha viajado y actuado en teatros de otros países, como el Kennedy Arts Center, Arsh Center Miami y el Brooklyn Academy of Music. Ha recibido muchos premios y sus libros están publicados en México, España y Alemania. Entre esas historias que hace con títeres y se publican se encuentran *Mía*, *El vestido*, *Dibújame una vaca*, *El intruso* y *¿Sabes quién es Zapata?*
Es miembro del SNCA.

Superheroínas. Las princesas se rebelan de Amaranta Leyva
se terminó de imprimir en marzo de 2021
en los talleres de
Impresora Tauro, S.A. de C.V.
Av. Año de Juárez 343, col. Granjas San Antonio,
Ciudad de México